LES
DEUX BILANS

SUIVIS DE

UNE FÊTE NON MOBILE

ÉTUDES POÉTIQUES

PAR A. V.

« Déjà l'histoire a marqué votre place
« Près de Cartouche... à côté d'Attila. »

Prix : 1 franc.

PARIS

EN VENTE CHEZ TOUS LES LIBRAIRES

—

1872

LES

DEUX BILANS

J. Claye, imprimeur

LES
DEUX BILANS

SUIVIS DE

UNE FÊTE NON MOBILE

ÉTUDES POÉTIQUES

PAR A. V.

« Déjà l'histoire a marqué votre place
« Près de Cartouche... à côté d'Attila.

Prix : 1 franc.

PARIS

EN VENTE CHEZ TOUS LES LIBRAIRES

—

1872

A VICTOR HUGO

A BRUXELLES

Passy, 20 mars 1871.

Je viens t'offrir l'essai de mes premières armes,
Maître ; reçois l'élève au poétique seuil ;
J'accompagne ton deuil et partage tes larmes
Avec mes larmes et mon deuil.

A. V.

Bruxelles, 27 mars 1871.

Le poëte applaudit le poëte, et le père pleure avec le père.

V. H.

PRIMA VERBA

Par une brumeuse et froide matinée du mois
de février 1871, dans les carrés funèbres de
Montmartre, un détachement de soldats, le chas-
sepot renversé, un groupe d'officiers, la garde de
l'épée en deuil, et plusieurs amis ou compatriotes
entouraient une tombe récemment ouverte qui
attendait sa proie.

Elle allait dévorer le cercueil d'un jeune capitaine du 119ᵉ régiment de marche, vaillant enfant
de Dornas (Ardèche), vaillamment tombé sur le
maudit plateau de Buzenval.

Et le poëte accidentel qui a tracé ces quelques vers terminait ainsi les paroles de l'éternelle
séparation :

« Adieu ! notre pensée et notre cœur vien-
dront errer souvent autour de ta tombe, et puiser

dans l'amour qu'ils te portent la haine pour ceux
qui te l'ont ouverte [1]. »

Ce drame d'une tristesse profonde contient bien
l'origine des *Deux Bilans*, et forme toute leur
préface.

Le brave capitaine tombé dans la bataille, c'est
la France.

Cette fosse béante, c'est celle de la patrie.
Aimer celle-ci fait haïr tous ceux qui ont creusé
celle-là.

Les bénédictions répandues sur la victime ne
retombent-elles pas malédictions sur l'assassin?

Sous les auspices de ces pensées patriotiques,
l'indulgence du lecteur accueillera peut-être cette
velléité de poésie.

Si le patriotisme la fit naître et l'écrivit, le
patriotisme doit la lire et l'absoudre.

A ce titre, je te l'ai dédiée avec confiance,
Maître ; car, si je dois redouter les sévérités du
grand poëte, j'espère du moins dans les circonstances atténuantes que m'accordera le grand
citoyen.

A. V.

Passy, 15 mars 1871.

[1]. *Indépendant de la Drôme et de l'Ardèche*, 26 février 1871.

I

L'ONCLE DE SON NEVEU

Sois châtié, tueur de République !
Ton châtiment venge la liberté.

A. V.

C'est pour cela, tyran, que ta gloire ternie
Fera par ton forfait douter de ton génie.

Lamartine (*Méditations*).

I.

L'ONCLE DE SON NEVEU.

I.

Aigle et vautour, quelle sinistre paire !
Oncle et neveu, quel lugubre bilan !
Le Deux-Décembre en face de Brumaire,
Et Waterloo qui regarde Sedan !...

Pareils aux flots qui de la même source
Sortent un jour sous le ciel orageux,
Un même abîme engloutit dans leur course
Le fleuve immense et le ruisseau fangeux.

II.

Au lit souillé des jeunes Républiques
Ils ont porté leurs fétides charniers,
Et du Thabor les grenadiers épiques
Tracent la route aux futurs estafiers.

A Waterloo, l'héroïque Cambronne
Mourait, dit-on, *et ne se rendait pas.*
Pour conserver un morceau de couronne,
Sedan vendait la France et ses soldats !

L'oncle à Toulon vomissait ses mitrailles
Sur les flots bleus par l'Anglais envahis ;
L'autre aux ruisseaux engageait ses batailles
Et bombardait... un marchand de tapis [1] !

Sur le géant ainsi le nain se règle ;
C'est la grenouille enviant le taureau,
Le vil corbeau voulant imiter l'aigle,
Près de Talma, Bobèche ou Débureau !

Aigle vainqueur, que le Dieu de la guerre
Voit devant lui planer dans les combats,
Qui sur le monde abaisse son tonnerre
Et fait voler les trônes en éclats.

Hideux vautour, qu'un Pasquin apocryphe
Vient apporter sous l'habit de César ;
Il tient pour foudre un londrès dans sa griffe,
L'astre qu'il fixe... est un morceau de lard [2].

C'est Notre-Dame et son vieux sanctuaire,
Où le pontife oint le front du vainqueur ;
C'est Austerlitz, c'est... la cité Bergère
Pleine de morts ; c'est... Cartouche empereur !

III.

Ah ! vainement cette race étrangère
Sur sa naissance étend un voile épais ;
Un fils jamais n'assassine sa mère.
Napoléons ! vous n'êtes pas Français !

L'aiguille marque au cadran de l'Histoire
L'heure qu'un doigt ne saurait déranger ;
Elle résiste à celui de la gloire ;
L'Aigle est éclos sur un roc étranger [3].

IV.

À leur berceau, debout le meurtre veille,
L'oreille au guet, l'escopette à la main ;
Ici, Condé dans son fossé sommeille ;
Là, Saint-Arnaud assassine Baudin.

Un meurtrier au nom de la victime
S'attache peu. Qu'importe à l'assassin ?
Il boit à même à la coupe du crime
Le sang du prince ou du républicain.

Mais les bourreaux sont flétris, que leur balle
Ait rejailli du duc au député.
Sur vos trépas la pitié tombe égale,
Martyrs royal ou de la liberté.

V

Le jacobin lisait les *Droits de l'homme;*
Mais le consul, préférant le missel,
Courbe le front sous l'ampoule de Rome
Et trouve un sceptre aux marches de l'autel.

Car un despote est toujours hypocrite :
Pour le durcir, un habile tyran
Trempe le joug dans un bain d'eau bénite,
Puis il le forge au feu du Vatican.

Le fier Sicambre à Rémy se confesse;
Karl est sacré, s'il donne des *États;*
On entre au Louvre en passant par la messe,
On cale un trône avec des concordats.

Divine croix où le salut commence,
Noble gibet de l'homme racheté,
Tu seras donc l'éternelle potence
Où les tyrans pendent l'humanité?

Et devons-nous toujours voir d'âge en âge
L'esprit humain par l'erreur garrotté,
L'homme à son frère imposer l'esclavage
Au nom de qui prêcha la liberté [4] ?

VI.

Dis ton école, ô philosophe sombre :
« Un être humain par moi multiplié
« Fait régiment; et je ne vois qu'un nombre
« Dans cet amas de germe ossifié [5]. »

VII.

Il ploya tout sous son empire immense,
Brisant les rois, broyant les nations;
Comme un faucheur dans la plaine s'avance,
Il moissonnait les humaines moissons.

Puis, s'en allant renverser quelque trône,
Il arrachait, pour son fils au berceau,
A l'un son sceptre, à l'autre sa couronne :
L'enfant ainsi put jouer au cerceau.

Au jour de l'an, de royales étrennes
Réjouissaient tous les siens à la fois ;
Il leur disait : « Mes sœurs, je vous fais reines ;
« Frères, prenez ces vieux manteaux de rois. »

Il franchissait d'un seul bond les frontières ;
Vienne et Berlin saluaient leur vainqueur ;
Aix et Potsdam soulevaient leurs poussières
Pour voir passer un si grand Empereur.

Quand des tombeaux tu réveillais la poudre
Et que, muet, seul devant Frédérick,
Tu méditais... vis-tu briller la foudre
Qui de Baylen te frappait à Leipsick ?

Lorsqu'à Potsdam tu déposais ta carte
Chez son vieux roi... pensais-tu que ses fils,
Un jour vainqueurs du pseudo-Bonaparte,
Viendraient fouler ton cercueil à Paris ?

VIII.

Dans les caveaux de la vieille Allemagne
Ne trouvant pas l'ombre de Charles-Quint :
« Allons, dit-il, la chercher en Espagne,
« L'Escurial attend un mannequin [6]. »

C'en était trop ! Ce guerrier dont l'audace
Pilla toujours les armes à la main,
Honteux voleur qui dans l'ombre s'efface,
Il descendait au vulgaire larcin !

Le ciel pardonne au vaillant capitaine
Ce qu'il punit dans le simple filou,
Et Saragosse a déroulé la chaîne
Que les revers allongent à Moscou.

Envahisseur ! une main fatidique
Met son triangle aux murs d'Aranjuèz ;
C'est le verdict du prophète biblique,
Ton flamboyant *Mané, Thécel, Pharès.*

IX.

On peut un jour faire tomber la Prusse
Et le Croissant sous son bras redouté,
L'aigle d'Autriche et le colosse russe;
On ne peut rien contre la liberté!

Autant vaudrait, sires, mâcher ou tordre
L'acier qu'Ésope autrefois a conté :
L'acier sourit au serpent qui veut mordre,
Et le serpent se retire édenté.

Parfois un peuple en dormant abandonne
Ses longs cheveux aux ciseaux d'un forban ;
Mais quand le front a repris sa couronne,
Samson debout fait trembler son tyran.

Samson est fort, son labeur monotone
Tourne la meule, et ses robustes mains
Un jour de fête étreignant la colonne,
Le temple croule : adieu les Philistins!

X.

O Liberté! magique souveraine!
Ton pied du sol fait jaillir les héros ;
Tout est soldat quand on touche à la reine :
Rustres, manants, moines et hidalgos!

A vos ciels bleus les *étoiles* pâlissent,
Vieille Castille et brûlant Mexico ;
Dans vos ravins les Césars s'engloutissent,
Somo-Sierra, Cintra, Quérétaro [7] !

Car vos rochers marquent le point sublime
Où la Fortune emporte Aigle et Vautour ;
Mais de ce faîte attiré vers l'abîme,
Leur vol s'abaisse et faiblit chaque jour.

Et désormais la fatale tunique
Brûle vos flancs de poison revêtus ;
Voleur d'Espagne et larron du Mexique
Portent sur eux le manteau de Nessus.

XI.

Jaloux de Dieu, dans son orgueil impie,
D'une escalade il eût tenté l'effort,
Et ne pouvant, mortel, créer la vie,
Il fut du moins le Verbe de la mort.

Pendant quinze ans l'impérial vampire,
Gorgé de sang, en tous lieux bourdonna ;
Le vent chassait son meurtrier délire
De Saint-Jean-d'Acre à la Bérésina.

Ainsi Memphis a vu dans ses ténèbres,
Morne, planer l'ange exterminateur ;
Du battement de ses ailes funèbres
Il secouait le trépas et l'horreur.

Un jour pourtant, affolés de colère,
Russes, Saxons, vaincus de Marengo,
Anglais, Germains, l'Europe tout entière,
Orage noir, creva sur Waterloo.

Alors ce fut la débâcle sans bornes,
L'invasion et toutes ses fureurs,
Les jours sanglants, les nuits sombres et mornes,
L'effondrement sous le pied des vainqueurs.

Et, du destin logique inexorable,
Ils ont subi, juste punition!
Oncle puissant et neveu misérable,
Ta loi d'airain, biblique talion!

Quand le torrent vint battre aux murs de Rome
Pour repousser le flot envahisseur,
L'Aigle cruel ne trouvait plus un homme,
Et le Vautour ne laissait pas un cœur [8].

XII.

O dénoûment des drames héroïques
Que tu remplis de ton souffle géant!
Fiers généraux, maréchaux homériques,
Clairons, tambours, canons, drapeaux, néant!

Ton froid regard embrasait la bataille,
De tes soldats le monde était couvert ;
Tu les poussais comme ces brins de paille
Que l'ouragan chasse dans le désert.

Mais du sommet où gravit ta puissance,
Qu'as-tu jeté sur tes vastes États ?
Dans nos sillons une rouge semence
Où l'avenir cueille d'autres trépas.

Ton cœur rêvait conquêtes et victoire,
Et te disait par la voix du canon :
Avec du sang on fait croître la gloire,
Quand on est fort on a toujours raison.

Mais Dieu nous dit, fatal soldat de Corse,
Que la science a trouvé la vapeur ;
Que sur le droit ne peut régner la force,
Ni sur l'idée un brutal artilleur [9].

Tu convoitais l'Océan, l'Angleterre,
Et même aux cieux un plus vaste horizon.
O vanité ! tu l'auras cette terre,
Et par-dessus quelques brins de gazon !

Ton pied de fer imprimait son empreinte
Des bords du Nil aux sources du Volga,
Et tu serrais dans ta cupide étreinte
Les Apennins et les pics de l'Hécla.

Dans le désert un vent léger efface
Bientôt les pas que ta botte a tracés,
Le sable ardent et la neige qui glace
Font une tombe aux héros trépassés.

Déjà ton nom, du beffroi de l'Histoire,
Comme le glas, tombe dans l'avenir ;
La fiancée a maudit ta mémoire,
La sœur en deuil tremble à ton souvenir.

Au vieux foyer quand la mère pensive
Fait tournoyer son rapide fuseau,
Le vent du soir dans sa note plaintive
Parle de ceux qu'engloutit Waterloo.

Près d'elle alors si le compagnon d'armes,
Se souvenant des combats de Memphis,
Au conscripteur veut donner quelques larmes,
Il les retient en songeant à son fils.

. . . .

. . . .

Six ans plus tard, au fond de l'Atlantique,
Sur son rocher expira Prométhé.
Sois châtié, tueur de République,
Ton châtiment venge la liberté!

Passy, 15 février 1871.

II

LE NEVEU DE SON ONCLE

Et l'aigle impérial, qui jadis sous sa loi
Couvrait le monde entier de tonnerre et de flamme,
Cuit, pauvre oiseau plumé, dans leur marmite infâme.

V. HUGO (*Ruy Blas*).

La République démocratique sera l'objet de mon culte, j'en serai le prêtre. Jamais je n'essayerai de m'envelopper dans la pourpre impériale ; *que je sois traîné aux gémonies le jour où, coupable et traître, j'essayerais de porter une main sacrilége sur les droits du peuple, soit de son avèu en le trompant, soit contre son vœu par la force et la violence.*

Vive à jamais la République !

LOUIS BONAPARTE (Boulogne).

Un tas de nains difformes
Se taillent des pourpoints dans ton manteau de roi.

VICTOR HUGO (*Ruy Blas*).

II.

LE NEVEU DE SON ONCLE.

I.

Mais le lion chassé de son repaire
Avait laissé son petit lionceau,
Qui s’éteignit... et la tombe du père
De l’enfant mort engloutit le berceau.

La place est vide : à l’œuvre donc, Macaire !
Rampe la nuit vers les illustres bords ;
Tu trouveras au vallon solitaire
Un grand tombeau... Va, dépouilleur de morts !

Prends, Curtius, le feutre légendaire
Et le frac vert que le plomb déchira,
Le manteau gris qui couvait le tonnerre...
Si l'Aigle est mort... Barnum l'empaillera.

Nobles témoins de la grande épopée
Qu'un histrion sans aveu détroussa,
Il les prit tous, tous... excepté l'épée ;
Elle était lourde, et Robert la laissa.

II.

Déjà l'enfant prédisait le faussaire
Quand il signait : Louis-Napoléon.
Il eût fallu de sinople et galère,
Au lieu de pourpre et d'aigle à son blason.

Le père avait la couronne rostrale,
D'un Dieu marin sa femme ayant rêvé,
Et l'œuf éclos dans la couche royale,
Un amiral, dit-on, l'avait couvé [10].

Napoléon! toi! Vois ton œil oblique,
Glauque, vitreux, pareil aux flots des mers ;
Ton front qui fuit, bas, machiavélique,
D'oiseau rapace, hideux brigand des airs.

Vil imposteur! dis, ta bouche lubrique,
Ton nez de Grec ont-ils rien de latin ?
Ce n'est pas là du beau camée antique
L'angle si pur, ni le profil romain.

De Paoli vois le galbe suave,
Le teint plombé, le limpide regard ;
Ton poil cendré dénonce le Batave,
Ton faux souris fait craindre le mouchard.

III.

Robert put donc s'emparer de la France,
Mentir, tromper, parjurer ses serments ;
Mit de faux poids dans sa fausse balance,
Bannit les *bons* et garda les *méchants* [11].

Le charbonnier de la jeune Italie,
Ce conjuré du moderne Forum,
Le Rose-Croix, du sautoir qu'il oublie
Fait un sachet pour le *Compendium* [12].

C'est au Gésu que le louche despote
Lave le sang d'un nocturne attentat ;
Pour qui la sert, toujours l'Église vote ;
La sacristie absout les coups d'État.

Va ! du consul ténébreux plagiaire,
Suis le chemin que ton oncle a tracé ;
Nous remettrons la cendre de Voltaire
Au grand cercueil que Basile a chassé.

IV.

Comment faut-il que l'histoire te nomme ?
Vitellius, Claude, ou Caligula ?
« Je hais l'espèce et je méprise l'homme,
« Il faut se taire et suivre Loyola. »

Hideux Césars des antiques arènes,
Bas empereurs par Lactance décrits,
Joueurs de flûte, engraisseurs de murènes,
Que le fer chaud de Tacite a flétris.

Putrides vents que nous vomit Gomorrne,
Soufres, vapeurs, qui flottez sur ses bords,
Gaz meurtriers que le Gange évapore
Des noirs marais où bleuissent les morts,

Fléaux affreux, vomito, fièvre sombre,
Peste, typhus, livide choléra,
Vos deuils pressés n'égalent pas le nombre
De tous les deuils que cet homme sema.

V.

Il s'attaquait, lâche, aux faibles, aux femmes,
Il égorgeait l'enfant et le vieillard,
Dictant le meurtre à des sbires infâmes
Et les proscrits aux greffiers de Mocquart.

Il étrangla la liberté romaine,
Et dans leurs lits nos héros africains ;
Aux flots du Tibre, au limon de la Seine
Jetant le droit et les républicains.

Et dépouillant comme un habit la honte,
Plus Loyola que son maître Inigo,
Il balançait Naples par Aspromonte,
Et Mentana par Castelfidardo.

Tel, ce satyre à l'allure farouche,
Bouc et berger, hôte hybride des bois :
Le vent sortait tour à tour de sa bouche,
Froid sur la soupe et brûlant dans ses doigts.

Ainsi, vingt ans jongleur hermaphrodite,
Jouant la France avec Rouher-Houdin,
Il ajusta de son âme maudite
Le double fond à l'urne du scrutin.

Vingt ans son souffle éteignit toutes flammes,
Tout noble instinct qui vibre au fond des cœurs.
Pour asservir les corps souillant les âmes,
Voilà décembre !... un égoût sous les fleurs.

VI.

Gloire, vertu, tout ce que l'homme honore,
Talent, génie, il avait tout flétri.
Vices et vol, tout ce que l'on abhorre,
Etait par lui fêté, choyé, nourri.

Le grand, le beau, l'estimable, le juste,
De leurs rayons blessaient l'oiseau de nuit,
Et mesuré sur le lit de Procuste,
Le renégat seul n'était pas proscrit.

Noble Thémis, vierge grave et sereine,
Il déchira souvent ton pur manteau ;
Et Lamoignon... Mais la cour souveraine
Dit que sans tache il sortit du ruisseau.

Des Marguerite, Isabelle et Suzanne
Tout chambellan mendiait la faveur ;
Et de son lit plus d'une courtisane
Fit le berceau de plus d'un sénateur.

Il attirait toute infâme nature,
Comme l'aimant attire à lui le fer ;
Démolisseur, ou machinant l'usure
Avec Haussmann ou le banquier Jecker.

Pour recouvrer la hideuse créance ,
Volez, guerriers, au vieux sol de Cortèz ;
Les souscripteurs et le sang de la France
A Mexico païront pour Juarèz.

VII.

Oh ! quand on songe à ce héros du crime
Portant l'opprobre au palais de nos rois,
Qui peut sonder, Œil de bœuf, cet abîme
Où s'engloutit ta splendeur d'autrefois ?

Un vil troupeau de valets faméliques,
De tes échos profanant le sommeil,
Traînait sa boue aux marbres pentéliques
Qu'illumina le Monarque Soleil !

Quoi ! jusqu'au bout sarcastique et cruelle,
La farce monte aux boudoirs de Bréda !
Près du Sancy le Régent étincelle
Au front grimé de quelque gitana !

Quoi ! dans ces jours d'impudeurs sans pareilles
(Es-tu vengé, brave peuple espagnol ?),
Un Bonaparte osa pour ses abeilles
Prendre une reine à la Puerta del Sol !

Et quel mépris dut envahir son âme
Quand il voyait, lui ! sur un trône assis,
Se prosterner aux pieds de cette femme,
France, sénat, députés avilis !

Quand il voyait tes lambris magnifiques,
Fontainebleau, par sa bande salis,
Qu'il effeuillait sur des gotons cyniques
Des lourds rideaux les grosses fleurs de lys.

François premier ! oh ! quelle saturnale :
Après Bayard, Bazaine et Montauban !
Un bateleur dans ta couche royale,
Pavie, enfin, qu'on soufflète à Sedan !

VIII.

L'autre du moins nous donnait de la gloire ,
Comme à l'enfant on apporte un jouet ;
Le mors était doré par la victoire,
Et nos lauriers paraient les coups de fouet.

Mais lui, grands dieux ! qui piaffait dans la boue,
Sa poudre était de la poudre de riz,
Il entraînait son immense Capoue
Voir à Longchamps quelques rouges Laïs [13].

Entendez-vous ce long cri d'allégresse
Qu'un peuple entier fait monter au ciel bleu,
Et, dans ces chars, l'aï doublant l'ivresse
Des margotons aux crinières de feu ?

Le ciel sourit aux enfants de Byzance,
Un noble orgueil brille sur chaque front ;
O fils des preux, Dieu protége la France !
Jamais l'Anglais n'essuya tel affront.

Mettez au vent tous les drapeaux de fête !
Bronzes, tonnez ! Noël, *Gladiateur !*
Fille de l'air a gagné d'une tête ;
Bravo, *Lagrange,* et vive l'Empereur !

Le turf ! voilà le vrai champ de bataille.
Wagram n'est rien près des courses d'Epsom.
Fils de Marceau, descendants de Saintraille,
Vermouth vainqueur mérite un *Te Deum.*

IX.

Vos vieux parents ne couraient pas les filles,
Ni le jockey, par César apporté.
Ils violaient quelquefois... des Bastilles,
Et leur maîtresse était la Liberté.

Puis, s'élançant dans une autre carrière,
Ils préféraient, ces Gaulois de Valmy,
Chasser Brunswick, protéger leur frontière,
Et leur vieux Coq aux poules du Derby.

S'ils ignoraient le report et la prime
Des loups cerviers qui hurlent chez Plutus,
Ils s'en allaient, chantant l'hymne sublime ,
« De leurs *aînés retrouver les vertus.* »

Honneur ! patrie ! humanité ! justice !
Certes, valaient le burlesque Dont-Dix [14].
Et se battant ailleurs qu'à la Coulisse,
Ces ignorants n'étaient pas envahis !

Petits crevés ! race mirmidonique,
Fœtus ratés des Vergniaud, des Danton,
Tout est petit, chez vous, microscopique,
Taille, chapeau, tête, cœur et veston .

Fruits de l'Empire, espèce rachitique,
Vous périrez, malingres avortons,
Si vous n'entez d'une séve énergique
Vos mœurs, vos lois, l'arbre et les rejetons.

Et pour venger votre mère, la France
Qui tend vers vous ses suppliantes mains,
Purifiez, fils de la décadence,
Vos cœurs pourris, ou vous serez Germains.

X.

De ce cloaque où l'iambe recule
Sors, ô mon vers : *On ne va pas plus loin.*
Laisse Augias, il aura son Hercule,
Et conduis-nous au poteau de Mandrin.

XI.

Prusse et Saxons, Wurtemberg et Pologne,
Badois, Germains, ont levé l'étendard.
Qui craindraient-ils? le héros de Boulogne
Et l'embryon moitié « *Cid et Bayard* »?

Ou Canrobert le lion de Décembre,
Failly, Frossard, cet auguste pion [15],
Héros d'alcôve et Condés d'antichambre,
Mars de buffet, foudres de cotillon?

Aux bords du Rhin le châtiment commence :
Forbach ! Sedan ! Reischoffen ! sombre jour !
Les lourds Teutons envahissent la France,
L'aigle de Prusse a plumé le vautour.

XII.

Fatal réveil après le sombre rêve
Du Deux-Décembre à Sedan terminé.
Le sang toujours abat ce qu'il élève,
Et l'*édifice* est ainsi *couronné*

Maudits valets, lugubre plébiscite,
Qui promettiez les triomphes d'Iéna,
Vils courtisans qui fîtes à Thersite
Chercher Wagram et trouver Sadowa.

Aux grands soufflets préparez votre joue,
Grammont, Lebœuf, Émile au cœur léger.
Vos noms flétris au poteau qu'on les cloue,
Sur le chemin que suivit l'étranger [16].

Vous tous, pieds-plats, sénateurs ridicules,
Rouher, Ségur, Dupin, Troplong, Barrot,
Qui deux fois l'an sur vos chaises curules
Accommodiez l'impérial turbot,

Prudent Jérôme, officier platonique,
Souple Chevreau, Baroche renégat,
Arcadiens, Cassagnac famélique,
Sage David, Duvernois apostat,

Trochu, mollusque et nullité bigote,
Arrière-faix de l'Empire aux abois [17],
Louche Ducrot, Bazaine Iscariote,
Soyez maudits une dernière fois.

Car votre empire est l'échelle du crime,
Poissy, Melun sont les bas échelons,
Toulon après, la Roquette à la cime,
En haut le chef, en bas ses compagnons.

Si la Justice à les frapper trop lente
Veut rester sourde au cri de nos douleurs,
Lance après eux, comme une meute ardente,
O Némésis, tes distiques vengeurs.

XIII.

Arrêtez-vous, laves, saintes colères
Qui bouillonnez sur cet immonde tas ;
De Juvénal toutes les étrivières
Pour le cingler ne me suffiraient pas.

Laissez durcir vos stridentes lanières,
Fauves taureaux boucanés au Texas.
Je fouillerais dans ce nid de vipères,
O Briaré, si j'avais tes cent bras.

Fleuves, coulez, et débordez, rivières,
Sur les égouts impurs de ces valets.
A nettoyer leurs fangeuses tanières
Alcide en vain userait ses balais.

D'ailleurs le fouet qui mordit tant de drôles
Siffle toujours ses vengeurs sifflements,
Hugo trop bien déchira leurs épaules,
La place manque à d'autres *châtiments*.

XIV.

Titan vaincu méritait Sainte-Hélène;
Sur la victime on mesure l'autel :
Que l'on prépare une bauge à Cayenne
Pour le forçat qui l'attend à Cassel.

L'autre tyran songeait à Charlemagne,
Quand il râlait sur son rocher désert;
Mais le faussaire à la porte du bagne
Rêve boulet, casaque et bonnet vert.

Napoléons! sombre et fatale race,
Double fléau que la Corse exhala,
Déjà l'histoire a marqué votre place
Près de Cartouche, à côté d'Attila.

Passy, 29 février 1871.

U N E

FÊTE NON MOBILE

O paradis ! splendeurs ! versez à boire aux maîtres.
L'orchestre rit, la fête empourpre les fenêtres,
    La table éclate et luit.

. . . .

. . . . , ...

La misère frémit sous ce Louvre où vous êtes !
C'est de fièvre et de faim et de mort que sont faites
    Toutes vos voluptés.
V. Hugo.

UNE

FÊTE NON MOBILE [18]

A ı ʀ : Partant pour la Syrie.

Jacques ! voici la fête
De l'auguste mois d'Août,
En tous lieux on s'apprête,
Bonhomme, allons, debout !
Quand un prince paterne
Croque tes millions,
Jacques, sors ta lanterne, ⎫
Voici les lampions ! ⎭ *bis.*

Le fossile Pindare
Du cycle impérial,
Belmontet, nous prépare

Quelque hymne triomphal;
Au tyran qu'il décerne
Ses adulations,
Jacques, sors ta lanterne, ⎱ *bis.*
Voici les lampions! ⎰

Déjà paraît l'aurore
Dans son quadrige d'or,
L'Orient se colore
Des feux de Thermidor.
Peuple heureux qu'on gouverne
Avec sabre et bâillons,
Peuple, sors ta lanterne, ⎱ *bis.*
Voici les lampions ! ⎰

Oyez, le bronze tonne
Aux brises du matin;
César au peuple donne
Des cirques et du pain.
S'il mesure aux casernes
Leurs doubles rations,
Jacques, sors tes lanternes, ⎱ *bis.*
Voici les lampions! ⎰

Les drapeaux aux boutiques
Flottent de toutes parts,
Et les gardes civiques
Courent au champ de Mars.
Astiquez vos gibernes,
Vertueux bataillons.
Jacques, sors tes lanternes, } bis.
Voici les lampions !

Frémissez, banderoles,
Drapeaux de liberté ;
Scintillez, girandoles,
Partout dans la cité.
Puisqu'ainsi l'on te berne,
Reine des nations,
France, sors ta lanterne, } bis.
Voici les lampions !

Tous les temples gothiques
Chantent le *Te Deum,*
Les noires basiliques
Le *Domine salvum.*
L'esclave se prosterne

Au bruit des carillons.
Jacques, sors ta lanterne, ⎱
Voici les lampions ! ⎰ *bis.*

Des valets la cohorte
Envahit le palais,
A son maître elle porte
Ses vœux et ses souhaits.
Si la riche poterne
Repousse tes haillons,
Jacques, mets ta lanterne ⎱
Auprès des lampions ! ⎰ *bis.*

Partout les casse-têtes
Se mêlent aux fusils,
Aux sinistres binettes
Des fauves alguazils.
Piétri de sa caverne
Vomit les légions.
Jacques, mets ta lanterne ⎱
Auprès des lampions ! ⎰ *bis.*

Le peuple avait à Rome

Pour mimes des Césars,
Dans son vaste·hippodrome
Des rois guidaient les chars.
Les pîtres de taverne
Pour toi sont assez bons.
Jacques, mets ta lanterne } *bis.*
Plus près des lampions !

Autour des Invalides
(Que n'insulte-t-on pas?)
Bateleurs, faux Alcides
Simulent faux combats.
Du Tibère moderne
Voilà les histrions.
Jacques, mets ta lanterne } *bis.*
Tout près des lampions !

Le canon part... silence !
O moment solennel !
C'est Ruggieri qui lance
Ses pétards dans le ciel ;
Brillantes balivernes,

Bombes et lumignons.
Voyez-vous les lanternes ⎫
Gagner les lampions ! ⎭ *bis.*

Quand minuit, heure sombre,
Sonne à tous les beffrois,
On voit briller dans l'ombre
Le vieux palais des rois,
On y boit le sauterne
De tes souscriptions [19].
Jacques, mets ta lanterne ⎫
Sur tous ces lampions ! ⎭ *bis.*

L'orgie impériale
Hurle toute la nuit,
Quand aux murs de la salle
Soudain un éclair luit.
Ce *Pharès* qui consterne
Les gais amphitryons,
Jacques, c'est ta *Lanterne*... ⎫
Adieu les lampions ! ⎭ *bis.*

César, ton front livide

Se trouble à la clarté
Qu'à l'horizon splendide
Jette la Liberté.
Vois, ton soleil plus terne
Décline sans rayons,
Et près de la lanterne }
Fument tes lampions!   } *bis* [20].

Paris, 17 août 1869.

NOTES.

———

NOTE 1, page 8.

Le 3 décembre 1851, un coup de feu ayant été
tiré, dit-on, des fenétres de la maison Sallandrouze,
Aux Tapis d'Aubusson, boulevard Bonne-Nouvelle,
boutique et maison furent héroïquement canon-
nées à bout portant. Les victimes de cette bou-
cherie du boulevard furent entassées dans la cité
Bergère, noble anniversaire du sacre et de la victoire d'Austerlitz!

NOTE 2, page 9.

L'aigle apprivoisé, compagnon essentiel de l'exhi-
bition burlesque de Boulogne, déchiquetait con-
sciencieusement son fameux morceau de lard, pen-

dant que le maître débitait harangues et coups de
pistolet dans la caserne.

NOTE 3, page 10.

Napoléon, devenu empereur, voulut être Français. L'état civil d'Ajaccio, revu et corrigé, reporta
donc la naissance du nouveau César au 15 août 1769,
deux mois après l'occupation de la Corse, date historique plus difficile à falsifier... Le 15 août était
la fête de la Vierge ; les rois de France avaient
honoré la reine des cieux, Louis XIII lui avait con-
sacré son royaume, et ce grand jour dégageait sur
l'impérial berceau un parfum providentiel et catho-
lique qui ne nuisait pas à la mise en scène. *Comediante ! comediante !...* Mais les documents décou-
verts aux Tuileries ont jeté un rayon révélateur sur
ces ténèbres de la Genèse impériale, et l'acte suivant de mariage du général Buonaparté est un arrêt
sans appel :

« Du dix-neuvième jour de ventôse an IV de la
« République, moi, Charles-Théodore-François
« Leclerc, officier public de l'état civil du 2ᵉ arron-
« dissement du canton de Paris, après avoir fait
« lecture en présence des parties et témoins :
« 1ᵒ de l'acte de naissance de Napoléon Buonaparté,

« qui constate qu'il est né le 5 février 1768 du
« légitime mariage de Charles Buonaparté et de
« Lætizia Ramolini; 2º etc., etc... Et ont avec les
« parties signé les témoins : Napoléon Buonaparté;
« Joséphine de Tascher; Tallien; P. Barras; Cal-
« melet; Lemarrois; Leclerc. »

Ainsi donc : naissance, 5 février 1768; occupation
française de la Corse, 15 juin 1769; incorporation
par l'Assemblée constituante, 1789. Voilà la loi et
les prophètes. Les Buonaparté sont Italiens.

NOTE 4, page 12.

L'auteur de ces lignes éprouverait une vive con-
trariété s'il avait pu heurter les croyances intimes
de quelques âmes pieuses. Telle n'a pas été et n'a
pas pu être son intention.

De toutes les libertés, celle de la conscience est
la plus chère à l'homme, la plus indiscutable et la
plus sacrée. C'est donc en vertu de ce principe
qu'il fallait protester contre le mariage impie du
ciel et de la terre, de la religion et des gouverne-
ments, de l'autel et des trônes, de l'Église et de
l'État, protester contre l'immixtion du spirituel
dans le temporel, contre la domination des âmes
en conspiration et association éternelles avec les
dominateurs des corps.

NOTE 5, page 12.

Le mépris que Napoléon Ier a toujours professé pour la vie humaine est devenu proverbial et se résume dans la vulgaire expression : Chair à canon.

La tradition rapporte qu'au lendemain de la meurtrière victoire d'Eylau, pendant qu'il visitait le champ de bataille, un officier de sa suite ayant déploré le grand nombre d'hommes qui avaient péri : « Bah! aurait cyniquement répondu l'impérial matérialiste, une nuit de Paris remplacera tout cela. »

Si non è vero, bene trovato. Il est possible que ce propos impie lui ait été prêté, je n'en garantis pas l'authenticité historique; mais le proverbe dit : On ne prête qu'aux riches.

NOTE 6, page 14.

Joseph, l'aîné de la famille, se montra aussi nul et aussi incapable dans son éphémère royauté de Madrid, qu'il le fut plus tard en 1814 à Paris.

NOTE 7, page 16.

L'archiduc Maximilien, dupe infortunée de Napoléon III, a été fusillé à Quérétaro, par ordre de la

République mexicaine, qu'il avait attaquée et envahie.

Étrange similitude historique! la décadence des deux fortunes napoléoniennes commence, pour l'une, à l'inique attentat contre l'Espagne; pour l'autre, à l'odieuse et folle équipée du Mexique. L'Espagne, en soulevant l'indignation de l'Europe entière contre une ambition qui ne respectait plus rien, démontra du même coup que l'ambitieux n'était pas invincible. Le Mexique a mis à nu les turpitudes contestées jusqu'alors du neveu.

NOTE 8, page 18.

L'infatigable conscripteur ne trouvait plus en 1814 que des pupilles et d'imberbes soldats. Il avait tout dévoré.

En 1809, la France avait un million d'hommes sur pied, dit M. Thiers, *dont les trois quarts de vieux soldats égaux pour le moins aux vieux soldats de César.* En juin 1815, toujours d'après le même historien, *la France avait cent vingt-quatre mille hommes présents au drapeau pour soutenir les hostilités.*

Quantum mutatus! peut s'écrier le lecteur, en vérifiant la soustraction opérée déjà par le fer et le feu ennemis.

En ce qui concerne l'action délétère du deuxième

empire, le corrupteur de 1851 ne laissait plus à la France affaissée de 1871 ni caractère patriotique, ni capacités, ni génie militaire ; mais, en revanche, le servilisme, l'énervement et la démoralisation.

Les désordres de l'intendance, les trahisons, les intrigues dynastiques, jusqu'à la faiblesse courtisanesque du brave Mac-Mahon, courant s'engouffrer dans l'entonnoir de Sedan, malgré la voix intérieure de son patriotisme et les conseils de sa science militaire, tout ne fournit-il pas des preuves de l'abaissement général?

NOTE 9, page 19.

Il est malheureusement bien vrai pour la gloire véritable de Napoléon Ier, et surtout pour l'intérêt de la France, qu'il refusa d'écouter Fulton allant lui proposer, à Boulogne, l'application de la vapeur à la flottille qui se préparait alors pour la descente en Angleterre.

Un despote repoussa cette fortune à laquelle il ne croyait pas; une République (les États-Unis) l'accueillit à bras ouverts.

NOTE 10, page 26.

En style héraldique, sinople est vert. Galère,

pour vaisseau, navire. Les Romains avaient la couronne rostrale, de *rostrum*, proue. Nous sommes ici en pleine marine; sans être Castor ou Pollux, on peut sortir de l'écume des flots.

NOTE 11, page 27.

Allusion à la proclamation célèbre : *Que les bons se rassurent et que les méchants tremblent.* Trop souvent, hélas ! le succès, et non la morale, fait les uns et les autres. Les *bons* approuvaient le parjure et l'assassinat triomphants. Les *méchants* maudissaient les horreurs de décembre, défendant la justice et le droit vaincus. Abus du langage! semence de 1870 ! prolégomènes de 1871 !

NOTE 12, page 28.

Le *Compendium familiare*, ou aphorismes (*aphorismi*), est le résumé quintessencié des titanesques et lubriques disputations du révérend père jésuite cordouan Thomas Sanchez, lequel écrivait vers l'an 1600 trois immenses in-folio sur le mariage ; colonnes serrées, texte illisible par sa finesse.

Ce petit livre in-16, fort rare heureusement, et

que l'on peut consulter sous son jaune parchemin, porte la date de 1629. Il sort de la typographie de la veuve Charles Rocard, à Audemer (*Audomari*), imprimé en latin de cuisine, quoique très-cru.

C'est un code de casuistique comprenant les cas les plus immondes des trois immondes in-folio plus haut cités.

Tableaux indescriptibles, peintures innommables, détails d'une inimaginable obscénité et devant laquelle serait blanche et pure la libidinosité la plus monstrueuse : doctrines scélérates, exposées *ad majorem Dei gloriam* dans le style d'Escobar, tout est là.

Trois citations, prises au hasard parmi les chapitres que la morale publique et la loi permettent de traduire, édifieront le lecteur sur ces ignominies :

Traduction rigoureuse, page 149, art. 9 : « Ce n'est pas un empêchement (pour l'église), lorsqu'un homme marié dit à une concubine : « Si je n'étais déjà lié par le mariage, je t'épouserais, » et qui tuerait sa femme après. De même « si une femme mariée et son amant tuent la femme légitime pour se livrer plus librement à leurs... orgies (*libidini*). De même si un homme tue sa femme pour en épouser une autre quelconque. (*Incertam.*)

Père Sanchez, si toutes ces horreurs ne répugnent pas à vos bénédictions nuptiales, la justice civile et la loi humaine sauront bien *empêcher* ce que supposent et béniraient vos justice et morale jésuitiques.

Page 675, art. 1er :

« Ce n'est pas un péché mortel, très-peu souvent véniel, de couvrir de baisers (*exosculari*) avec transport et une grande suavité les fraîches et molles chairs des enfants, parce que ces baisers ne viennent pas d'une délectation amoureuse (*venereâ*), mais du tendre et suave amour qu'inspire cet âge enfantin.. »

Pères de famille, que votre imagination place pour un instant ce langage ambiant, cette phrase ductile, ces adjectifs multipliés et lascifs, échos érotiques du Cantique des cantiques, dans la bouche de l'homme *crasseux* et *vierge* qui dirige l'éducation de votre innocent enfant, et dites si vous ne frémissez pas.

« Si un homme a prononcé des vœux religieux et de chasteté, et qu'ensuite il séduise une jeune fille (*deflorat virginem*) en lui jurant de contracter le mariage, plusieurs docteurs enseignent avec raison qu'il ne peut l'épouser, parce que le second serment ne peut le faire déroger à ses premiers vœux. »

Nec plus ultra! asseyons-nous sur cette théorie du serment 'au pied des colonnes.... d'Escobar.

Alexandre de Macédoine professait une admiration si grande pour les œuvres d'Homère, qu'il les avait toujours près de lui, enfermées dans un riche écrin. Pourquoi le conjuré des Romagnes, le conspirateur de Strasbourg et de Boulogne, affilié à toutes les sociétés, le parjure de décembre, n'aurait-il pas fait son évangile du *Compendium familiare*, religieusement enveloppé dans son écharpe de franc-maçon ?...

NOTE 13, page 34.

Les cheveux rouge-carotte, par une imitation courtisanesque et exagérée du chignon impérial, étaient la suprême beauté du moment. Félix, le chromatique Léonard de l'époque, a dû tresser la fortune de mainte goton, et *vice versa*.

NOTE 14, page 36.

Termes d'argot, empruntés du vocabulaire coulissier, et accompagnant les opérations aléatoires et immorales de la Bourse.

Note 15, page 37.

Frossard était précepteur du prince impérial, *par conséquent*, digne de commander à un corps d'armée et capable de gagner des batailles. Nous ne pouvons apprécier le mérite théorique de ce Polybe moderne auprès de son auguste élève, mais l'on a malheureusement pu juger la pratique à Forbach.

Note 16, page 38.

Tous les journaux ont raconté que le comte de Palikao, Montauban dans l'état civil de sa commune, était un homme d'ordre et qui ne laissa rien traîner au palais d'été en Chine. Autant de Bazaine au Mexique! admirables satellites évoluant autour de l'astre impérial. *Ab Jove principium!*

Note 17, page 39.

La nomination de Trochu au gouvernement de Paris fut décidée au camp de Châlons par l'ex-empereur et contre-signée le 18 août par l'ex-impératrice régente. Le nouveau gouverneur de Paris, dans la machiavélique combinaison gouvernementale, devait utiliser de la manière suivante sa précédente défaveur.

Pendant que Mac–Mahon reconstitué serait allé du côté de Mézières combattre, non pour la France (le plan eût été insensé), mais pour la dynastie, Paris, ayant à sa tête un gouverneur populaire et d'opposition, se laisserait mener de confiance et maintenir en l'obéissance à César courant après la réhabilitation par la victoire.

Pas mal imaginé.

On sait le reste ; ledit gouverneur devenait président du Conseil pour la République proclamée le 4 septembre, et déposait son *plan* aux minutes de Mes Ducloux et son collègue, notaires à Paris, suivant la formule.

Pourquoi le trigonomètre de Moltke n'a–t–il pas, lui aussi, confié son *plan* à quelque tabellion berlinois ?

Et combien il est heureux pour nos pères de 92 que le vieux Carnot n'ait pas eu de garde-notes chargé d'encartonner les quatorze armées !

NOTE 18, page 45.

La fête *non mobile* a été rimée au mois d'août 1869, inspirée par le spectacle ridicule et stéréotypé que l'empire a mis dix-neuf fois de suite sous nos yeux.

Les couleurs de cet immuable tableau ne sont ni brillantes ni variées. Le lyrisme n'enlève pas les strophes jusqu'aux cieux, mais à qui la faute ?

Le peintre pouvait-il reproduire autre chose que son modèle, et l'enthousiasme pindarique n'était-il pas alors la propriété officielle de M. Wittersheim et officieuse du barde Belmontet ?

Seule une tremblotante lumière jette sa lueur sur la ritournelle de la fête *non mobile*.

Pauvre petite lanterne, utile et courageux lumignon ! après avoir promené ton rayon enquêteur sur les boues de la borne impériale, pourquoi faut-il qu'au souffle d'une malsaine popularité tu sois devenue la torche fatale qui allume les incendies ? Et ne peut-on marcher à la renommée qu'à travers les flammes d'Éphèse dans les pantoufles d'Empédocle ?

NOTE 19, page 50.

L'emprunt de cinq cents millions, un fétu aujourd'hui, ouvert le 13 août, avait été souscrit et clos le 14 août, veille de la fête *non mobile*. Le soir, au château, Magne pouvait dire à son maître : *Veni, vidi, vici.*

NOTE 20, page 51.

Les élections générales du mois de mai précédent, malgré les tours de force de la prestidigitation officielle ordinaire, avaient ouvert une certaine brèche au *pouvoir personnel*.

Tel était l'audacieux euphémisme usité à cette époque. Il changeait de signification et prenait telle ou telle nuance suivant la bouche qui le prononçait. Détruire le *pouvoir personnel*, c'était le drapeau commun à l'ombre duquel combattaient toutes les oppositions. De ses plis tombaient, pour les uns, le retour d'une monarchie quelconque de leur cœur; pour les autres, les candides aspirations parlementaires voulant substituer un empire constitutionnel au pouvoir individuel et autocratique.

Pour un troisième groupe enfin, le seul vrai et le seul logique, c'était le rétablissement pur et simple de la souveraineté nationale sur les ruines de toute usurpation. De là les mots nouveaux : *radical, irréconciliable, revendication,* louvoyant, sans y aborder jamais, autour des quatre syllabes : « Républicain, » proscrites alors comme factieuses et coupables de lèse-constitution.

Ainsi, quand le despotisme fait peser autour de lui son oppression dégradante, la pensée rusant avec

les mots s'habille de subterfuges et de dissimula-
tions.

Que deviennent alors les caractères et les
mœurs?

Répondez, années 1870 et 1871!

Passy, 30 mars 1871.

FIN

CONCLUSION.

Les pages qui précèdent étaient écrites à la date du 15 mars, mais de lamentables circonstances en ont retardé la publication de jour en jour.

Depuis cette époque, l'abîme ouvert une deuxième fois a montré le double fond de la guerre civile succédant aux horreurs de la guerre étrangère. Et ce ne sera pas le moindre crime de la meute furieuse qui a consommé l'hallali de la patrie expirante, que celui d'avoir pu faire oublier un instant les hontes de l'empire et les désastres dont elles se sont couronnées. Il est temps de se ressouvenir!

Mettre la main à la charrue et regarder en arrière, ne rendent point propre au royaume des cieux, dit l'Évangile; mais en est-il ainsi des choses de la terre, où la sagesse de l'avenir est toujours faite des fautes du passé ?

A. V.

20 novembre 1871.

PARIS. — J. CLAYE, IMPRIMEUR, 7, RUE SAINT-BENOIT. |691|